VIVE L'EMPEREUR!

STANCES

lues le 10 octobre 1854 dans un banquet

POUR CÉLÉBRER LA BATAILLE DE L'ALMA

PAR

M. LOUIS BARSE

Vice-président du Comité napoléonien de Riom
au 10 décembre 1848

PARIS

AMYOT, LIBRAIRE-ÉDITEUR

RUE DE LA PAIX, Nº 8

1854

VIVE L'EMPEREUR!

STANCES

lues le 10 octobre 1854 dans un banquet

POUR CÉLÉBRER LA BATAILLE DE L'ALMA

PAR

M. LOUIS BARSE

Vice-président du Comité napoléonien de Riom
au 10 décembre 1848

PARIS

AMYOT, LIBRAIRE-ÉDITEUR

RUE DE LA PAIX, N° 8

—

1854

Ch. Lahure, imprimeur du Sénat et de la Cour de Cassation
(ancienne maison Crapelet), rue de Vaugirard, 9.

Le *Moniteur universel* du 2 octobre 1854 fit connaître officiellement la victoire de l'Alma, remportée le 20 septembre, et en même temps, mais sous toute réserve, les nouvelles de la prise de Sébastopol. Ces événements, regardés comme vrais, tenaient du prodige; ils nous reportaient, par leur éclat merveilleux, aux plus beaux jours de l'épopée impériale.

Alors, je me trouvais en vacances dans nos montagnes d'Auvergne, parmi des populations viriles et franches, qui n'ont qu'un dogme: Aimer l'ordre public et la gloire française.

Ces races primitives personnifient la gloire et l'ordre en Napoléon III.

Au milieu d'elles, comme en un foyer toujours ardent, vit le culte du premier Empereur.

La feuille du Gouvernement était à peine ouverte, que l'on organisa d'enthousiasme un banquet pour célébrer les triomphes de la nouvelle armée, pour boire à la santé de nos braves qui défendent la patrie sur de poétiques et lointains rivages.

L'honneur de porter le toast au chef de l'État me fut dévolu. C'était une tâche au-dessus de mes forces :

« .... Faible est ma poésie
« Et pour nourrir les dieux, je n'ai pas d'ambroisie. »

Mais est-il permis, quand le prince que nous avons élu, en 1848 et en 1851, réalise toutes nos espérances, de se retrancher derrière la modestie pour ne pas lui offrir un hommage?

En publiant ces vers, j'ai encore une double excuse.

L'Empereur, en qui l'indulgence est égale au mérite, a daigné les accueillir. De la part d'un esprit si élevé, d'un écrivain si parfait, c'est, à mes yeux, plus même qu'un auguste suffrage.

Puis, si l'un de ces jeunes héros qui, au commandement habile de Napoléon III, versent leur sang pour nous en Orient, apprenait, en les lisant, que nos cœurs, à défaut de nos bras, sont près d'eux sous les redoutes, quel serait mon bonheur !

Oui ! courageuses phalanges, dont les chefs ont déjà le front ceint, jusque dans le tombeau, comme Roland, des lauriers de la victoire, c'est bien la *guerre sacrée* que vous faites ! En Orient, vous combattez pour nos frontières européennes ; car, si, ce qu'à Dieu ne plaise ! d'injustes revers trahissaient votre vaillance, le czar, conducteur obéi des hordes qui, dès les premiers temps de l'histoire, ont envahi l'Occident, suivrait, comme ses devanciers, le cours du soleil, et viendrait avec ses Cosaques du Tanaïs ou ses Tartares du Borysthène faire abreuver les chevaux slaves dans les eaux de nos fleuves. La civilisation catholique, flambeau de l'univers, s'éclipserait peut-être... ainsi qu'autrefois celles de Memphis et d'Alexandrie, de Corinthe et de Rome.

Ah! si du haut des Pyramides quarante siècles contemplaient vos pères, nul aujourd'hui, si ce n'est Dieu, votre chef invisible, ne saurait nous révéler combien d'âges s'accumuleront dans le sein mystérieux de l'avenir sans que le genre humain vous oublie, vous qui l'aurez sauvé des barbares modernes, au commandement du Sauveur de l'ordre en notre belle et immortelle France !!!

Louis BARSE.

Riom (Puy-de-Dôme), 3 novembre 1854.

MONITEUR

DU 2 OCTOBRE 1854.

Le maréchal ministre de la guerre a reçu du maréchal Saint-Arnaud la dépêche suivante :

« Champ de bataille de l'Alma, 20 septembre 1854. — Nous avons rencontré aujourd'hui l'ennemi sur l'Alma. Il occupait avec des forces considérables le ravin où coule la rivière, boisé, coupé de maisons et franchissable seulement en trois points, et les hauteurs de la rive gauche en pente très-roide; elles étaient solidement retranchées et couvertes d'artillerie. Les troupes alliées ont abordé ces positions difficiles avec une vigueur sans égale. C'est au cri de *vive l'Empereur !* que nos soldats ont enlevé celles qui étaient devant eux. La bataille d'Alma a duré quatre heures. C'est un beau début pour nos armes.... L'armée anglaise a vaillamment combattu devant une résistance opiniâtre. »

Nous donnons sous toute réserve la dépêche suivante, venue par la télégraphie privée :

« Vienne, dimanche 1er octobre. — Une dépêche turque venue par Omer-Pacha, nous annonce que Sébastopol a été pris avec tout son matériel de guerre, ainsi que la flotte. La garnison, à laquelle on avait offert une libre retraite, a préféré rester prisonnière. »

« On nous écrit de Boulogne-sur-Mer, à la date du 1er octobre. — L'Empereur a passé hier une grande revue; S. M. avait désigné l'emplacement sur lequel Napoléon 1er fit, en 1804, la distribution des aigles, et où se trouve une pierre commémorative de ce grand souvenir. L'Empereur, avant le défilé, a prononcé le discours suivant:

« Soldats.... la patrie réclame de chacun de vous un concours actif; les uns protégent la Grèce contre l'influence funeste de la Russie, les autres maintiennent à Rome l'indépendance du Saint-Père, les autres affermissent et étendent notre domination en Afrique; d'autres enfin plantent, *peut-être* aujourd'hui même, nos aigles sur les murs de Sébastopol.... Cette colonne, élevée par nos pères, rappelle de bien grands souvenirs, et la statue qui la surmonte semble, par un hasard providentiel, indiquer la route à suivre.... Voyez cette statue de l'Empereur ! elle s'appuie sur l'Occident et menace l'Orient. De là, en effet, le danger pour la civilisation moderne; de notre côté, le rempart pour la défendre. »

MONITEUR

DES JOURS SUIVANTS.

Rapport du maréchal Saint-Arnaud, daté du champ de bataille de l'Alma, le 21 septembre :

« ... L'Alma fut traversée au pas de charge. Le prince Napoléon, à la tête de sa division, s'emparait du gros village sous le feu des batteries russes. Le prince s'est montré digne en tout du beau nom qu'il porte. Votre Majesté peut être fière de ses soldats; ce sont des soldats d'Austerlitz et d'Iéna... A quatre heures et demie, l'armée française était victorieuse partout.... Toutes les positions avaient été enlevées à la baïonnette, au cri de *vive l'Empereur!* qui a retenti toute la journée. Jamais je n'ai vu d'enthousiasme semblable. *Les blessés se soulevaient de terre pour crier....* Les zouaves se sont fait admirer des deux armées ; ce sont les premiers soldats du monde.... »

Lettre écrite du camp sur l'Alma, le 21 septembre :

« C'est une victoire magnifique que nous avons obtenue, une victoire dans le genre de celles de l'Empire, sur des ennemis sérieux et admirablement organisés, et où 160 pièces de canon ont tonné de part et d'autre.... La position qui a été emportée est une série de collines d'une hauteur de 200 à 300 mètres, au bas de laquelle coule une rivière guéable sur très-peu de points.... En avant, sont quelques villages très-boisés et défendus par de nombreuses palissades. En un mot, la position semblait presque inexpugnable, car les 100 canons des Russes placés sur les hauteurs devaient en rendre les approches inaccessibles. Elle a été enlevée néanmoins avec la plus vigoureuse énergie. Ce sont la division du général Canrobert et celle du prince Napoléon qui ont particulièrement donné et enlevé le village et les hauteurs à la baïonnette.... Les Anglais ont admirablement combattu. Il y avait entre les deux armées une généreuse émulation de courage et de sacrifices. »

Dépêche du 23 septembre, adressée par le brigadier général Rose au lord secrétaire d'État de la guerre, du quartier général de l'armée française, rive gauche de la Katcha :

« J'ai vu sur le champ de bataille même des soldats français donner de la nourriture et des soins aux blessés russes et les brancards emporter côte à côte un Russe et un Français.... Quand les zouaves eurent pris d'assaut le télégraphe, ils poussèrent des vivat enthousiastes en l'honneur de l'Empereur, et plusieurs, m'entourant et me serrant la main, *acclamèrent* aussi la *reine*, en ajoutant que rien ne pouvait résister aux Français et aux Anglais unis. »

Lettre datée de Leipsick : « La victoire remportée le 20 septembre sur l'Alma assure aux yeux des hommes de guerre la chute prochaine de Sébastopol. Si les rapports qui l'ont annoncée comme un fait accompli étaient prématurés, personne du moins ne doute du succès de cette grande entreprise. On ne saurait peindre l'émotion que les dernières nouvelles ont produite dans toute l'Allemagne. »

Note officielle : — « L'Empereur, voulant récompenser la belle conduite de S. A. I. le prince Napoléon à la bataille de l'Alma, a autorisé S. A. Impériale à porter la médaille militaire. »

Lettre de l'Empereur au ministre de l'intérieur :

« On me communique à l'instant une lettre de Barbès. Un prisonnier qui conserve, malgré de longues souffrances, de si patriotiques sentiments, ne peut pas sous mon règne rester en prison. Faites-le donc mettre en liberté sur-le-champ et sans condition. »

Extrait de la lettre de Barbès communiquée à l'Empereur : — « .... Depuis Waterloo, nous sommes les vaincus de l'Europe, et pour faire quelque chose de bon même chez nous, je crois qu'il est utile de montrer aux étrangers que nous savons manger de la poudre. Je plains notre parti, s'il en est qui pensent autrement. Il ne nous manquait plus que de perdre le sens moral, après avoir perdu tant d'autres choses.... »

Partie non officielle, Paris 8 octobre : « Le gouvernement vient de recevoir la douloureuse nouvelle de la mort du maréchal Saint-Arnaud, qui a succombé, le 29 septembre, à la grave maladie dont il était atteint depuis longtemps. »

Proclamation du maréchal, au bivouac de Menkendié, le 24 septembre : — « Soldats, a Providence refuse à votre chef la satisfaction de continuer à vous conduire dans la voie glorieuse qui s'ouvre devant vous. Vaincu par une cruelle maladie, il envisage avec une profonde douleur le devoir de résigner le commandement. Soldats, vous me plaindrez, car le malheur qui me frappe est immense, irréparable et peut-être sans exemple. — C'est un adoucissement à ma douleur, que d'avoir à déposer en de dignes mains le drapeau que la France m'avait confié.... Vous entourerez de votre confiance cet officier général (Canrobert), auquel une brillante carrière militaire et l'éclat des services rendus ont valu la notoriété la plus honorable dans le pays et dans l'armée.

Il aura le bonheur, que j'avais rêvé pour moi-même et que je lui envie, de vous conduire à Sébastopol. »

On lit dans l'*Univers religieux* : « .... Il meurt (le général Saint-Arnaud) sous les regards du monde en frappant un de ces coups d'épée qui comptent dans la vie des empires. Trois nations inclinent sur sa tombe leurs drapeaux reconnaissants, et une quatrième qui croyait, la veille encore, dominer toutes les autres, se souviendra de lui au jour qui marque le déclin de ses destinées. Entre la Turquie qui se relève pour affranchir l'Église, et la Russie qui s'écroule pour la délivrer, sur ces flots qui furent aussi son champ de bataille et dont les caprices terribles n'ont pas étonné son courage, il meurt dans l'un des plus vastes linceuls où la victoire ait enveloppé ses favoris. »

STANCES

I.

Il est, à juste titre, héritier du grand homme!
Par lui, le Roi du monde est souverain dans Rome,
L'hydre de l'anarchie a péri d'un seul coup,
Et, par lui, nous avons enfin vengé Moscou!

Il est temps de l'aimer, de saluer sa gloire,
D'ériger sa statue au temple de mémoire.
CÉSAR est sous AUGUSTE.... Exaltons le vainqueur,
Crions : Vive l'Empire et vive l'Empereur!

II.

A sa voix, nos guerriers n'ont point connu d'obstacles;
Il a frayé leur route au pays des miracles!
L'Orient s'est ouvert.... et de Sébastopol,
Pour foudroyer Cronstadt, l'aigle a repris son vol.

Menschikoff le hautain, Nicolas le despote
Posaient sur le turban l'éperon de leur botte.
Le triste Abdul-Medgid, vers nous tournant son cœur,
Cria : Vive la France et vive l'Empereur!

III.

Quand le gouvernement importé par Voltaire,
Comédie en plein vent, dite *Parlementaire*,
Disposait à son gré de nos pâles destins,
On eût vu les combats dépendre des scrutins.

La presse souveraine eût conduit les armées,
Oté, rendu l'espoir aux villes alarmées.
La guerre est au dehors !... Paix à l'intérieur !...
Crions : Vive l'Empire et vive l'Empereur !!

IV.

De Perpignan à Lille et de Strasbourg à Nante,
On eût fort admiré la tribune éloquente;
On eût fort applaudi Molé, Thiers et Guizot,
Peut-être Lamartine et sûrement Barrot.

Sous Napoléon III, du couchant à l'aurore,
On n'espère qu'en lui pour sauver le Bosphore;
On sent qu'il suffit d'un, quand on a le meilleur.
Crions : Vive l'Empire et vive l'Empereur!

V.

De la Grèce importée ou bien de l'Amérique,
Nous avons, par deux fois, tenté la république;
Système impraticable en ce noble pays
Si différent de Sparte et des États-Unis.

Quinze mai, vingt-trois juin, quarante-cinq centimes,
Enfin : *droit au travail....* Erreurs, fautes ou crimes....
Assez, dit le pays.... Halte avant la terreur!
Pour porter mon épée, il faut un Empereur!!

VI.

Thiers vengea le bon sens heurté par la sottise
Et la propriété par Proudhon compromise :
Thiers vengea la famille et la religion ;
Il dit : *l'Empire est fait....* Voici Napoléon....

Dix décembre immortel! tu les mis hors de page,
Par leur propre instrument : l'universel suffrage.
Du moderne Occident tu fus le jour sauveur,
En confiant le sceptre aux mains de l'Empereur.

VII.

Ah ! pour avoir tué son oncle à Sainte-Hélène ,
Vous croyez régenter tout l'Univers sans peine ;
Autocrate… ! tremblez… ! Le réveil du lion
Est pour nous l'heureux jour des regrets d'Albion.

Magnanime alliée, ô puissante Angleterre,
Toi qui fis Montesquieu, toi qui créas Voltaire,
Veux-tu du genre humain cimenter le bonheur?
Crions : Vive la Reine et vive l'Empereur !

VIII.

Cessons de nous haïr, le siècle le demande ;
Il veut qu'avec l'esprit la sagesse s'entende ,
Il veut, par l'Occident, éclairer l'Univers ;
Ne discutons donc plus nos succès , nos revers.

Waterloo, Navarin, ce sont d'illustres fautes ;
Mais, pour récriminer, nos âmes sont trop hautes.
Sur le globe affranchi rivalisons d'honneur….
Crions : Vive la Reine et vive l'Empereur !

IX.

Chez toi, la liberté n'a pas besoin d'entrave ;
Mais, chez nous, la licence a besoin d'être esclave.
Une femme, chez toi, guide le Parlement ;
Il nous faut presque un Dieu pour le Gouvernement.

Vendre est ton privilége, à toi, race bretonne ;
Le nôtre, il est en bronze inscrit sur la Colonne.
Tournons contre le Russe une égale valeur...
Crions : Vive la Reine et vive l'Empereur !

X.

Le Russe...! Il ignorait en bombardant Sinope,
Qu'il allait provoquer un soufflet de l'Europe ;
Et que le catholique avec le protestant
Rouvriraient la croisade au profit du Sultan.

Grec et Tartare ensemble, il met l'hypocrisie
Avec la cruauté pour servir l'hérésie.
C'est lui qui de la foi serait le *protecteur*...!
L'Église a préféré la Reine et l'Empereur...!

XI.

Il ne s'attendait pas, ce Jupin schismatique,
A nous voir envahir l'Euxin et la Baltique,
A nous voir pourchasser l'insolent Menschikoff,
Depuis Silistria jusqu'à la mer d'Azoff.

Lorsque de l'Orient il reformait la carte,
Aurait-il jamais cru rencontrer Bonaparte?
L'Occident, pensait-il, sera saisi de peur....
Il ne connaissait pas la Reine et l'Empereur !

XII.

Hommage à nos soldats, vrais soldats du grand homme ;
A vous, surtout à vous, conscrits du Puy-de-Dôme!
Quand on a respiré l'air de Gergovia,
On peut être un héros sur les bords de l'Alma.

Et vous l'avez été ! ... L'ouragan de mitraille
Précipitait ses feux sur le champ de bataille ;
Vous les avez éteints d'un bond sur la hauteur.
Gloire aux fils de l'Auvergne et vive l'Empereur!

XIII.

Après les quarante ans d'une paix si profonde,
Votre victoire imprime une secousse au monde.
Du jour où sur l'Alma vous plantez l'étendard,
La Russie a perdu son éternel rempart.

Dans un hiver fameux, l'impérial cortége
Vers la Bérésina fut vaincu par la neige.
La Crimée est à nous, sûr chemin du vainqueur
Pour marcher vers le Nord sous un autre Empereur.

XIV.

Gloire aux valeureux chefs d'une vaillante armée !
Ils ont payé d'exemple, et la France charmée,
Près des noms immortels, sur son arc triomphal
Fera graver le nom du prince impérial.

Devant Sébastopol, Arnaud, second Moïse,
Mourut avant d'entrer dans la cité promise.
Une larme aux guerriers tombés au champ d'honneur !...
Un secours aux blessés !... et vive l'Empereur !

XV.

La générosité s'allie avec la gloire,
Et toujours l'amnistie a suivi la victoire.
Grâce, grand Empereur! aux pauvres prisonniers
Qui, pour vous applaudir, ne sont pas les derniers.

Sire! de nos climats la licence est bannie;
Bannissez-en les pleurs.... c'est le vœu d'Eugénie.
Pour vous chérir tous deux, la France n'a qu'un cœur!
Vive l'Impératrice et vive l'Empereur!!!

Librairie d'AMYOT, à Paris, rue de la Paix, 8.

OEUVRES

DE S. M. NAPOLÉON III,

4 volumes grand in-8,

PRIX DE L'OUVRAGE : 40 FRANCS.

LETTRES ET DISCOURS DE GERBERT,

TRADUITS, CLASSÉS ET EXPLIQUÉS

PAR M. LOUIS BARSE (DE RIOM),

2 volumes format Charpentier.

Prix : 10 francs.

TYPOGRAPHIE DE CH. LAHURE,
Imprimeur du Sénat et de la Cour de Cassation,
rue de Vaugirard, 9.

www.ingramcontent.com/pod-product-compliance
Lightning Source LLC
Chambersburg PA
CBHW061419170626
46811CB00005B/2045